Peggy Rathmann

ΚΑΛΗΝΥΧΤΑ, ΓΟΡΙΛΑΚΙ

ΠΑΠΑΔΟΠΟΥΛΟΣ

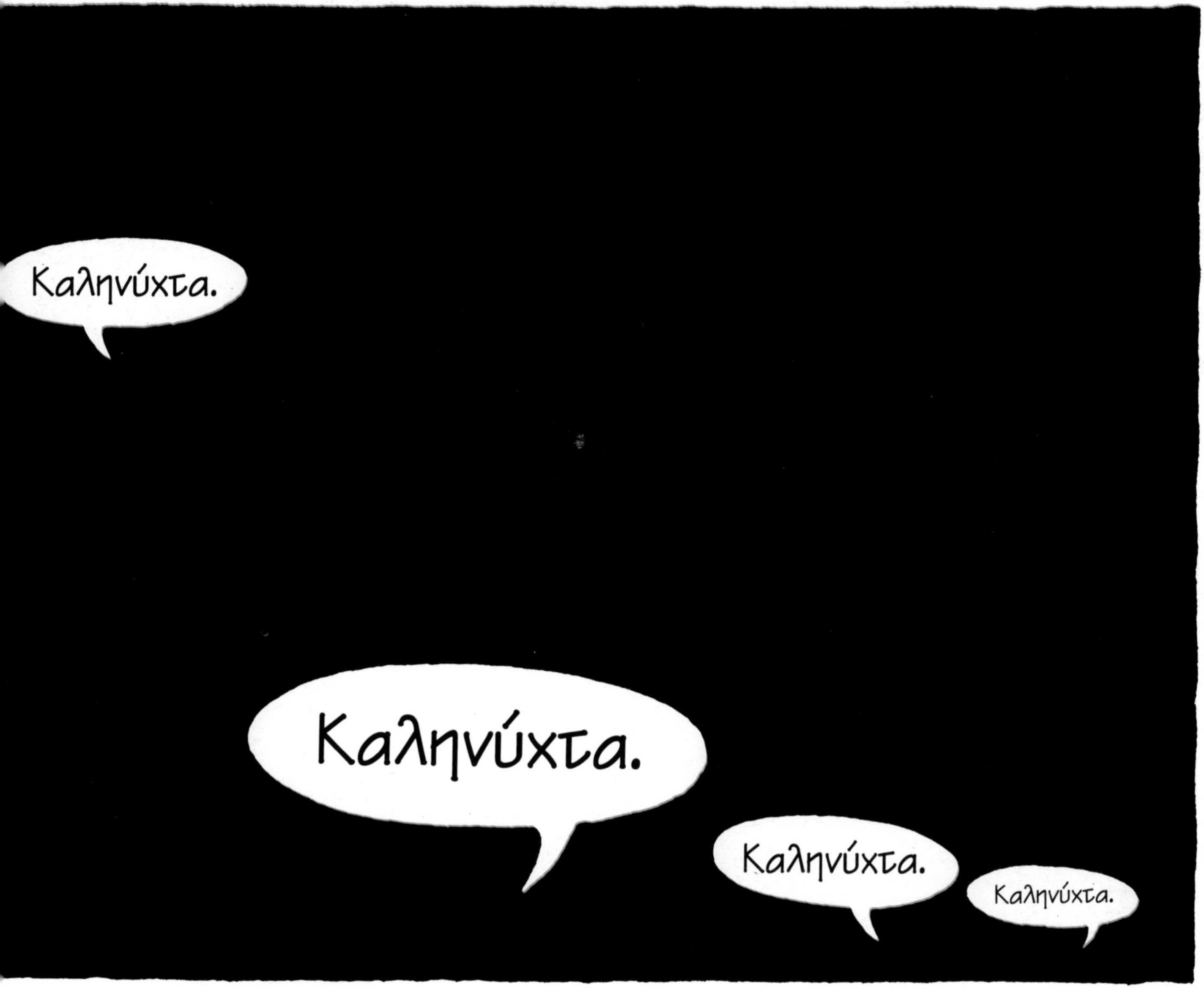
Καληνύχτα.
Καληνύχτα.
Καληνύχτα.
Καληνύχτα.

Αφιερωμένο στον κύριο και την κυρία McQuaid,
και σ’ όλους τους μικρούς γορίλες τους.

ΚΑΛΗΝΥΧΤΑ ΓΟΡΙΛΑΚΙ
Τίτλος πρωτοτύπου: *Good Night, Gorilla*

© 1997, Γιάννης Παπαδόπουλος για την ελληνική γλώσα

Original English language Text and Illustrations Copyright © 1994 by Peggy Rathmann

ΕΚΔΟΣΕΙΣ ΠΑΠΑΔΟΠΟΥΛΟΣ
Καποδιστρίου 9, 144 52 Μεταμόρφωση Αττικής, ●Τηλ.: 28 46 074-5, 28 16 134 ● Fax: 28 17 127
ΒΙΒΛΙΟΠΩΛΕΙΟ
Σόλωνος και Μασσαλίας 14, 106 80 Αθήνα,● Τηλ.: 36 15 334

ISBN 960-261-753-5